Riquet à la Houppe

d'après Charles Perrault
Illustrations originales de
Evelyne Rivet

Riquet à la Houppe

Il était une fois une reine qui mit au monde un fils si épouvantablement laid qu'elle en fut désespérée. Mais la fée qui avait été choisie pour marraine la rassura :
— Ne soyez pas si désolée, Majesté, je fais don à votre fils d'une grande intelligence. Il s'exprimera toujours avec courtoisie, élégance, et sera plein de bonté. Et, en plus, il aura le pouvoir de donner toutes ces qualités à celle qui acceptera de l'épouser.

La reine put en effet bientôt se consoler, car, dès que l'enfant commença à parler, il dit mille choses intéressantes et belles ; il mettait tant d'esprit dans tout ce qu'il faisait que tous tombaient sous le charme et oubliaient sa laideur. Parce qu'il avait une petite houppe de cheveux sur la tête, on l'appela Riquet à la Houppe.

Quelques années plus tard, la reine d'un royaume voisin mit au monde deux jumelles. Celle qui naquit en premier était plus belle que le jour : la reine faillit s'en évanouir de bonheur. Comme pour Riquet à la Houppe, la marraine était une fée, et c'était justement la même :

— Ne vous réjouissez pas trop vite, Majesté, la petite princesse sera aussi stupide que belle.

La reine en fut très contrariée, mais elle le fut plus encore lorsque, un quart d'heure plus tard, naquit la deuxième fille : elle était laide, mais laide à faire peur !

La reine, cette fois, crut mourir de chagrin. La fée annonça alors :

— Remettez-vous, madame, votre deuxième fille brillera par tant d'intelligence qu'on oubliera en l'écoutant que la beauté lui manque.

— Vous soulagez ma peine, répliqua la reine, mais ne pouvez-vous pas donner un peu d'esprit à sa sœur qui est si belle ?

— Je ne puis malheureusement rien faire, mais cela lui viendra peut-être avec le temps, répondit la fée avec un petit sourire.

Riquet à la Houppe

Riquet à la Houppe

Les années passèrent.
Au fur et à mesure que les princesses grandissaient, leurs qualités et leurs défauts s'affirmaient de plus en plus : on ne parlait que de la beauté de l'une, qui devenait chaque jour un peu plus bête, et de l'intelligence de l'autre, qui enlaidissait à vue d'œil.

Cependant, la plus laide était toujours très entourée, alors que la plus belle restait toujours seule : en effet, tous étaient d'abord attirés par sa sublime beauté mais, bien vite, se lassaient de sa sottise et préféraient la compagnie de sa sœur pour sa conversation plaisante et pleine d'esprit.

La première avait beau être stupide, elle était malgré tout suffisamment sensible pour comprendre ce qui se passait. Ah ! comme elle aurait aimé pouvoir échanger toute sa beauté contre un peu de l'intelligence de sa jumelle ! Même la reine sa mère ne pouvait parfois s'empêcher de lui reprocher sa maladresse, et cela rendait la pauvre fille bien malheureuse.

Elle se retrouvait donc souvent seule à se promener dans les bois, et c'est ainsi qu'un jour elle vit s'avancer un petit homme richement habillé mais terriblement laid : c'était le prince Riquet à la Houppe. Il était venu jusque-là avec l'espoir de l'apercevoir ; il en était tombé amoureux en admirant les portraits d'elle que l'on montrait un peu partout.

Riquet à la Houppe fut ravi de la rencontrer si vite, car il ne souhaitait rien de plus au monde.

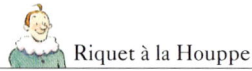 Riquet à la Houppe

Il vint à elle, la salua avec la politesse la plus exquise, mais il remarqua dans ses yeux une profonde mélancolie :

— Si j'étais magicien, je ne pourrais vous rendre plus ravissante, c'est impossible, mais j'essaierais de changer votre tristesse en sourire.

— Ah bon ! répondit bêtement la princesse, et elle ne trouva rien à ajouter.

— Si grande est votre beauté qu'on ne peut qu'être étonné de ne pas vous trouver un soupçon de gaieté... Seriez-vous chagrinée d'être trop admirée et pas assez aimée ?

— J'aimerais mieux être aussi laide que vous et avoir un peu d'esprit, plutôt que cette beauté et autant de bêtise ! répliqua la princesse.

Riquet à la Houppe répondit en souriant :

— Savez-vous qu'il n'y a pas de meilleur signe d'intelligence que de croire qu'on en manque ?

— Ah bon ! En tout cas, moi, je suis bête, et c'est ce qui m'attriste, dit simplement la princesse.

— Si ce n'est que cela, je saurai facilement vous rendre aussi gaie que je peux être laid !

— Comment donc ? demanda la princesse en ouvrant de grands yeux étonnés.

— J'ai le pouvoir peu commun de donner de l'esprit à la personne que j'aime le plus au monde, si elle accepte... de m'épouser.

La princesse, qui avait écouté le discours de Riquet à la Houppe sans être sûre de tout comprendre, resta muette de surprise. Après un long silence, Riquet à la Houppe lui déclara en rougissant :
— Cette personne, c'est vous !

Et, comme la princesse ne disait toujours rien, il ajouta :
— Si vous le désirez, je vous laisse un an pour y penser et reprendre votre parole.

La jeune fille, craignant de rester toujours seule à cause de sa stupidité, sans réfléchir davantage, accepta sa proposition.

 Riquet à la Houppe

A peine avait-elle fait la promesse de s'engager dans un an qu'elle sentit en elle quelque chose de changé ; voilà qu'elle pouvait s'exprimer avec une aisance remarquable.

Elle se mit à parler de façon si vivante, si élégante, si captivante que Riquet à la Houppe se demanda si elle n'était pas devenue plus brillante que lui.

Riquet à la Houppe

De retour au palais, la princesse surprit tout le monde par sa conversation, désormais passionnante et raffinée. On ne la quittait plus, et on ne savait que penser de ce changement soudain. La cour entière s'en réjouit, sauf sa sœur, qui perdit l'avantage de son intelligence tout en restant aussi laide.

La jolie princesse éprouva de la peine à voir sa sœur jumelle ainsi abandonnée... Mais que pouvait-elle faire à part l'aimer un peu plus tendrement ?

 De royaume en royaume, on ne parla plus guère que de cette surprenante transformation.
 Bientôt, nombre de jeunes princes accoururent demander en mariage l'éblouissante princesse. Elle les écoutait tous avec attention, mais n'en trouvait aucun qui l'intéressât réellement ; il leur manquait à tous quelque chose.

Un jour pourtant, un jeune prince se présenta : il était si intelligent, si riche et beau qu'elle eut l'impression d'éprouver pour lui un doux sentiment. Mais elle se rendit compte bien vite qu'il n'avait pas assez d'humour pour lui plaire tout à fait, alors elle demanda qu'on lui accorde du temps pour donner sa réponse.

Riquet à la Houppe

Elle alla se promener et, tandis qu'elle songeait à tout cela, ses pas l'amenèrent par le plus grand des hasards dans le bois où elle avait rencontré Riquet à la Houppe. Soudain, un bruit sourd monta de la terre, comme si on allait et venait sous ses pieds. Elle tendit l'oreille et distingua ces mots :

— Apporte-moi donc la marmite, vite !
— Mets du bois dans le feu, morbleu !
— Donne-moi la louche, vieille souche !

Elle s'approcha alors d'un grand trou dans le sol, et elle y découvrit comme une immense cuisine où s'affairaient des dizaines de cuisiniers. Quelques-uns en sortirent pour se rendre dans la clairière toute proche, où était dressée une très longue table. La princesse, intriguée, demanda :

— Pour qui prépare-t-on tout cela ?

— Pour notre prince Riquet à la Houppe, qui fêtera ses noces demain ! lui répondit-on.

A ces mots, la princesse se souvint brusquement de ce qui s'était passé juste un an auparavant ; elle avait complètement oublié sa promesse d'épouser ce prince, car tout ce qu'elle avait dit du temps où elle était idiote lui était sorti de la tête à la minute où elle était devenue intelligente.

A peine avait-elle repris son chemin que Riquet à la Houppe parut, la mine réjouie :

— Quel bonheur ! Non seulement vous êtes la plus belle et la plus intelligente en ce monde, mais, en plus, vous êtes à l'heure !

La princesse lui sourit, trouvant son humour bienvenu.

— Hélas, je dois vous avouer que je n'ai encore rien décidé. Comprenez-moi, je n'arrivais déjà pas à me résoudre à vous épouser quand j'étais stupide. Alors comment le pourrais-je à présent que l'intelligence que vous m'avez vous-même donnée me rend plus difficile !

Riquet à la Houppe répondit sans se démonter :
— Dites-moi franchement : mis à part ma laideur, y a-t-il quelque chose en moi qui vous déplaise : ma voix, ma conversation, mon esprit ?

La princesse réfléchit et réalisa que, finalement, il possédait les qualités morales qu'elle attendait, même l'humour...

— J'aime en vous tout ce dont vous venez de parler, mais...
Elle rougit soudain et se tut.
Après un petit silence, le prince continua :
— Si, en m'avouant cela, vous venez de faire de moi le plus heureux des hommes, je ne suis pas encore le plus beau, n'est-ce pas ?

— Pourquoi dites-vous « pas encore » ?

— Nous avons tous les deux la même fée pour marraine. Elle m'a donné le pouvoir de rendre intelligente celle que j'aimerai. Peut-être vous a-t-elle donné celui de rendre beau l'homme qui vous plairait le plus ? Du moins j'ose l'espérer.

— Oh ! Ce serait merveilleux, soupira la princesse avec un air rêveur, je le souhaite de tout mon cœur !

A peine eut-elle prononcé ces paroles que Riquet à la Houppe devint à ses yeux le prince le plus séduisant qui fût. Certains prétendent qu'il ne changea pas le moins du monde, mais que ce fut seulement dans le regard amoureux de la jeune fille qu'il apparut soudain plein de charme.

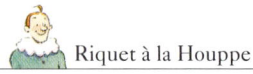 Riquet à la Houppe

Quoi qu'il en soit, la princesse promit aussitôt de l'épouser si son père le lui permettait. Le roi le fit avec grand plaisir, car il estimait depuis longtemps la bonté et la sagesse de Riquet.

Dès le lendemain, dans la clairière de leur rencontre, on célébra somptueusement les noces. La fée, qui, bien sûr, était invitée, demanda à la jeune mariée :

— Y-a-t-il un dernier souhait que je puisse réaliser pour toi ?

— Oh oui ! oui !... Si ma sœur jumelle pouvait devenir belle !

Pour la plus grande joie de tous, la fée accomplit tout de suite son vœu. Et la fête, elle aussi, en fut encore plus belle !

Poucette

d'après Andersen
Illustrations originales de
Jeff Rey

Poucette

Il était une fois une femme infiniment triste de ne pas avoir d'enfant. Cela la désespérait tant qu'un soir, accablée de chagrin, elle alla demander conseil à une sorcière. Cette vieille, au sourire sans dent, lui dit :

— Voici un grain d'orge ; plante-le dans un pot et tu verras !

Sitôt rentrée chez elle, la femme fit ce qu'avait dit la sorcière et vit sortir de terre une tulipe magnifique.

— Quelle jolie fleur ! s'exclama-t-elle en embrassant les beaux pétales rouge et or. Juste à ce moment, la tulipe s'ouvrit toute grande, et au cœur de la fleur apparut une toute petite fille, pas plus haute qu'un pouce.

— Que tu es mignonne ! dit la femme, je t'appellerai Poucette.

Cette enfant minuscule eut pour berceau une coquille de noix ; des pétales de violettes firent le matelas et des pétales de roses, l'édredon. Afin de la distraire, la femme eut l'idée de laisser flotter son petit lit sur une assiette remplie d'eau. Poucette ravie naviguait ainsi en chantant délicieusement.

 Poucette

Mais voilà qu'une nuit, une énorme grenouille toute visqueuse sauta sur la table et s'approcha de la coquille de noix.
— Oh ! elle ferait une épouse parfaite pour mon fils ! pensa-t-elle en contemplant Poucette endormie.

Elle s'empara alors du berceau et l'emporta jusqu'au bord du ruisseau : elle habitait dans un trou plein de boue en compagnie d'un fils encore plus laid qu'elle :

— Koac, koac, koac ! s'exclama-t-il en découvrant la petite fille.

La grenouille installa la coquille où Poucette dormait encore sur une large feuille de nénuphar au beau milieu de l'eau.

— Ainsi elle ne pourra pas s'échapper, se dit-elle en bavant de satisfaction. Bon ! maintenant je vais préparer la chambre des futurs jeunes mariés.

Et elle plongea dans les profondeurs sombres du ruisseau.

Au lever du jour, la pauvre Poucette se réveilla et ne reconnut plus rien autour d'elle. La tête de la grenouille apparut soudain à la surface de l'eau, la petite sursauta.

— Je te présente ton fiancé, dit la vilaine bête en désignant son fils qui la suivait.

— Koac, koac, koac, fit celui-ci, qui, décidément, ne savait rien dire d'autre.

Puis il disparut avec sa mère dans l'eau. Poucette bouleversée éclata en sanglots.

Les petits poissons, qui avaient tout vu, tout entendu, décidèrent de la délivrer : ils grignotèrent la tige du nénuphar jusqu'à ce qu'elle se casse ; la feuille descendit alors le cours du ruisseau, entraînant Poucette loin, très loin, là où la grenouille ne pourrait jamais la rattraper.

Poucette

C'est ainsi que commença le curieux voyage de Poucette. Les oiseaux chantaient, les reflets dorés du soleil semblaient danser sur l'eau et la petite fille souriait. Un beau papillon blanc se posa à ses côtés. Elle l'attacha délicatement avec sa ceinture à un bout de la feuille, et, lorsqu'il reprit son vol, elle put ainsi glisser sur le ruisseau. Mais soudain, un gros hanneton la saisit entre ses pattes et l'emporta sur son arbre. D'autres insectes, curieux de découvrir la nouvelle venue, atterrirent autour de la petite fille en bourdonnant :

— Bzz qu'elle est maigre ! Bzz elle n'a que deux pattes. Bzz elle n'a même pas d'antennes. Bzz elle est aussi laide qu'un humain ! Bzzz, Bzzz, Bzzz…

Ils se moquèrent tellement d'elle que le hanneton, qui l'avait pourtant trouvée jolie, finit par douter de sa beauté :
il l'abandonna sur une marguerite.

Poucette vécut seule tout l'été en se nourrissant du pollen des fleurs, en buvant la rosée du matin et en écoutant le chant des oiseaux qu'elle adorait. L'automne passa et l'hiver arriva. La feuille sous laquelle elle s'abritait était à présent toute fanée et, avec ses habits trop légers, la petite fille grelottait.

Poucette

E ngourdie par le froid, Poucette avançait péniblement sur la terre gelée, en se demandant ce qui allait lui arriver, lorsqu'elle découvrit un petit trou : c'était l'entrée d'une maison, celle de la souris des champs qui vivait là, bien au chaud au milieu de ses provisions de grains.

La petite fille faisait tellement pitié qu'en la voyant la souris la fit tout de suite entrer :

— Oh la la la la ! ma pauvre enfant, viens vite te réchauffer et partager mon repas.

Et comme c'était une brave vieille souris, elle lui proposa de rester tout l'hiver avec elle.

— Tu m'aideras et tu me raconteras des histoires ! Et puis tu feras la connaissance de mon voisin, Monsieur Taupe. Il n'aime que la nuit ; il a horreur des fleurs et du soleil… Il n'y voit pas très bien, mais il est fort savant et surtout très riche. Ah ! si tu l'épousais, tu ne manquerais plus jamais de rien.

Un soir, la souris invita son voisin et pria Poucette de chanter pour lui. Monsieur Taupe tomba tout de suite amoureux de la petite fille à la voix si jolie. Et bientôt, ils se promenèrent tous les trois dans le couloir sombre qui reliait les deux maisons.

Mais ils durent bientôt s'arrêter : sur le sol gisait une hirondelle toute recroquevillée…

— Faut-il être stupide pour se laisser ainsi mourir de froid !… dit Monsieur Taupe en lui donnant un coup de patte. Pouah ! Je n'aime décidément pas les oiseaux, ils ne sont bons qu'à piailler !

Poucette ne dit rien, mais, lorsque les deux autres se furent éloignés, elle revint tout près de l'oiseau et le caressa.

— C'était peut-être toi qui chantait si joliment pour moi l'été dernier… pensa-t-elle en lui donnant un baiser.

La nuit suivante, elle retourna le voir, l'enveloppa tendrement avec de la paille et resta près de lui un long moment, puis elle posa tristement sa tête sur la poitrine de l'oiseau.

— Pauvre petit, adieu et merci pour tes chants merveilleux.

L'enfant soudain stupéfaite se redressa : le cœur de l'oiseau battait ! il vivait. Le froid avait dû l'engourdir, et la chaleur l'avait ranimé. Poucette le couvrit plus chaudement encore, et, chaque nuit, elle revint en cachette s'occuper de lui. Dès qu'il eut repris un peu de forces, il murmura :

— Grâce à toi, gentille enfant, je vais enfin pouvoir rejoindre mes frères dans les pays chauds !

— Il fait beaucoup trop froid dehors ! C'est l'hiver maintenant. Reste ici jusqu'au printemps, je te tiendrai compagnie, lui proposa la petite fille.

L'oiseau accepta et expliqua qu'il n'avait pu partir avec les autres parce qu'il s'était blessé à une ronce, et qu'ensuite le froid l'avait saisi…

Poucette soigna l'hirondelle tout l'hiver sans que la taupe ni la vieille souris n'en sachent rien. Quand la belle saison fut de retour, l'oiseau sortit du trou et lui demanda :

— Si tu veux, je t'emmène avec moi dans les pays chauds !

— Hélas, je ne peux pas, cela ferait trop de peine à la souris, elle a été si bonne pour moi.

— Adieu alors et merci infiniment ! dit l'oiseau en s'envolant.

Il chanta une fois encore et, lorsqu'elle le vit disparaître au-dessus de la forêt, la petite fille ne put retenir ses larmes.

Les journées devinrent alors bien tristes et longues. L'été approchait et, un matin, la souris tout excitée annonça :

— Tu peux commencer à te confectionner une robe de mariée : Monsieur Taupe veut t'épouser, tu en as de la chance, ma fille, mais quelle chance, quelle chance, quelle chance !

Poucette passa tous les jours de l'été à coudre. Au lever et au coucher du soleil, elle se glissait dehors et contemplait le ciel en pensant à sa chère hirondelle qui sans doute ne reviendrait jamais.

Puis l'automne arriva et la souris déclara :
— Plus que quatre semaines, et ce sera la noce !
Mais Poucette fondit en larmes en disant qu'elle ne voulait pas pour mari de cet ennuyeux Monsieur Taupe, qui n'aimait ni le soleil, ni les oiseaux et ne vivait que dans le noir.
— Ta ta ta ta ta ! il est riche et sérieux, il fera un excellent époux, réjouis-toi au contraire, répondit la souris.
Avant que Monsieur Taupe ne vienne la chercher pour l'emmener tout au fond de la terre, la petite fille désespérée voulut revoir le soleil une dernière fois.
— Adieu, mon beau soleil, salue bien pour moi mon hirondelle, si tu la vois… soupira-t-elle en tendant ses petits bras vers le ciel !
Que vit-elle alors planer au-dessus d'elle ? Son amie l'hirondelle. Poucette n'en crut pas ses yeux. Folle de joie, elle l'embrassa et lui confia ses malheurs.

L'oiseau alors lui dit :

— L'hiver va venir bientôt ; grimpe sur mon dos et partons ensemble dans ces pays où il fait toujours beau. Viens, Poucette, viens avec moi, là-bas, viens !

— Oui, oui, emmène-moi cette fois, emmène-moi, répondit la petite en s'agrippant à l'une de ses plus grosses plumes.

L'hirondelle s'éleva aussitôt, vola par-delà la forêt et les hautes montagnes étincelantes de neige ; mais Poucette, blottie tout contre son duvet chaud, n'eut pas froid.

Poucette

L'hirondelle et la petite fille traversèrent la mer et arrivèrent enfin. Le soleil brillait plus fort, partout poussaient des fruits sucrés et des fleurs aux couleurs merveilleuses.

L'oiseau, en approchant d'un magnifique palais de marbre blanc, lui dit :

— Mon nid se trouve là, tout en haut d'une colonne, mais… tu seras mieux en bas.

Il déposa Poucette sur le pétale parfumé d'une superbe fleur blanche, et là, une surprise l'attendait :

Un petit homme, très beau, était assis au cœur de la fleur ; il portait une couronne d'or et avait aux épaules de fines ailes transparentes : chaque fleur abritait un ange, et si l'oiseau avait choisi celle où habitait leur roi, ce n'était sûrement pas par hasard.

Le petit roi, qui n'avait sûrement jamais vu de fille aussi jolie, lui sourit, puis il prit sa couronne et la plaça sur la tête de Poucette en lui demandant de devenir sa femme.

Émue et fière, elle accepta aussitôt. Tous les anges quittèrent alors leur fleur pour offrir un cadeau à la jeune reine ; on lui apporta même, pour qu'elle puisse voler, des ailes.

C'est ainsi que, dans ce beau pays, Poucette devint la reine des fleurs et vécut très heureuse avec son mari.

Quant à l'hirondelle, elle les quitta l'hiver fini pour retrouver dans notre région la douceur du printemps.

Heureusement ! Sinon, qui m'aurait raconté cette histoire ?

Edité par :
Editions Glénat

Services éditoriaux et commerciaux :
Editions Glénat – 31-33, rue Ernest Renan
92130 Issy-les-Moulineaux

© Editions Atlas, MCMXCIII
© Editions Glénat pour l'adaptation, MMIV

Coinseller artistique : Jean-Louis Couturier
Photo de couverture : Eric Robert
Maquette de couverture : Les Quatre Lunes

Tous droits réservés pour tous pays
Imprimé en Italie

Dépôt légal : septembre 2004
Achevé d'imprimer : septembre 2005
ISBN : 2.7234.4876.2

Loi n° 49-956 du 16 juillet 1949 sur les publications destinées à la jeunesse